TOM CARBONE

AGITER AVANT L'EMPLOI

CROMHEECKE & LETZER

DUPUIS

Traduction : Thierry Tinlot.

Dépôt légal : mai 1993 — D.1993/0089/57
ISBN 2-8001-2035-5 — ISSN 0778-3140

Imprimé en Belgique.

Un génie fort civil

C'EST DINGUE ! JE N'ARRIVE PAS À ME RAPPELER POURQUOI J'AVAIS REMISÉ CE PERCOLATEUR AU GRENIER ...
CLIC
PUCH
KCH
KCH
?!
SHAZAM
Q... QU'EST-CE QUE C'EST QUE ÇA ?
?
MES HOMMAGES, CHÈRE MADAME ! JE SUIS LE BON GÉNIE DE LA MACHINE À CAFÉ... FAITES TROIS VOEUX ET JE LES EXAUCERAI ...
EUH ... BEN ...
SI TU COMMENÇAIS PAR FAIRE LA VAISSELLE, MON P'TIT VIEUX ?... TU PEUX M'APPELER "MAÎTRE" !
RÉFLÉCHISSEZ BIEN, MAÎTRE ! VOUS N'AVEZ DROIT QU'À TROIS VOEUX, ET JE PUIS RÉALISER TOUS VOS SOUHAITS !
MHH ...
J'AI TROUVÉ : JE VEUX QUE TU REMPLISSES MA DÉCLARATION D'IMPÔTS ! JE DÉTESTE ÇA !
BLANC
NOIR
JE NE VOUDRAIS PAS ME MÊLER DE CE QUI NE ME REGARDE PAS, MAIS VOUS N'AVEZ RIEN DE MIEUX À ME DEMANDER ?
2.

TU AS FINI ? MAINTENANT, TU PEUX NETTOYER LE FRIGO !
POURQUOI N'AVOIR FORMULÉ QUE DES VOEUX STUPIDES ? VOUS AURIEZ PU DEVENIR IMMENSÉMENT RICHE, CÉLÈBRE, COUVERT DE DIAMANTS !
AH BON ?
BON, ÉCOUTEZ... C'ÉTAIT PAS PRÉVU, MAIS JE VOUS LAISSE UNE 4ème CHANCE !
DE QUOI AVEZ-VOUS VRAIMENT ENVIE ? MAIS ALORS MORTELLEMENT, HEIN... JE VOUS ÉCOUTE !...
HMMM... FAUT QUE JE RÉFLÉCHISSE !
TU SAIS CE QUE J'AIMERAIS VRAIMENT ? ...
UN BON HAVANE, LE ROI DU CIGARE ! ET EN VITESSE, HEIN...
WOAW ! QUEL SERVICE !
DU FEU, MAÎTRE ?
TCHIC
MMM
PUFF
PUFF
PROUF
HIHIHI !
3.

PFF!
ESSAYEZ DE M'ATTRAPER...
BONG
HUH ?
TWIIIT
TWIIIIT.
MAÎTRE ! RÉVEILLEZ-VOUS ! JE NE VOULAIS PAS... JE NE LE FERAI PLUS ! REVENEZ À VOUS !
PAR LE GRAND PERCO, QU'AI-JE FAIT ? J'ÉTAIS SUPPOSÉ RENDRE CE TYPE HEUREUX ! PAS L'ASSOMMER !
MAIS C'EST HORRIBLE ! IL NE REPREND PAS CONSCIENCE ! QUE FAIRE ?
JE NE VOIS QU'UNE SOLUTION...
IL FAUT QUE J'AILLE VOIR SA CONSCIENCE ! QUELLE EST LA FORMULE ? AH OUI... SIM SALAM BIM !
SPOUFF !
HOP !
TEMPORAIREMENT HORS D'USAGE

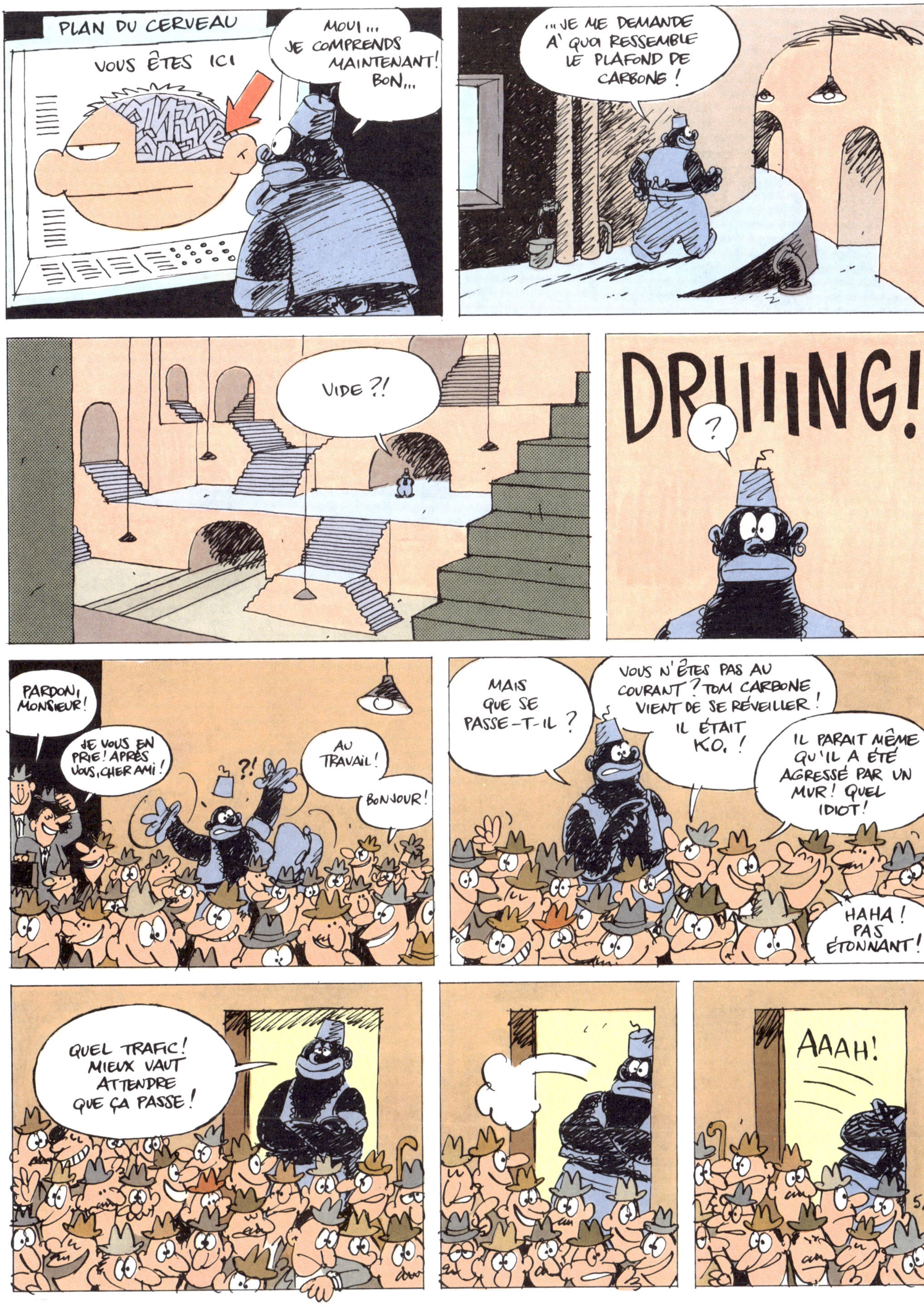
PLAN DU CERVEAU
VOUS ÊTES ICI
MOUI... JE COMPRENDS MAINTENANT! BON...
...JE ME DEMANDE À QUOI RESSEMBLE LE PLAFOND DE CARBONE!
VIDE ?!
DRIIIING!
?
PARDON, MONSIEUR!
JE VOUS EN PRIE! APRÈS VOUS, CHER AMI!
?!
AU TRAVAIL!
BONJOUR!
MAIS QUE SE PASSE-T-IL ?
VOUS N'ÊTES PAS AU COURANT ? TOM CARBONE VIENT DE SE RÉVEILLER! IL ÉTAIT K.O.!
IL PARAIT MÊME QU'IL A ÉTÉ AGRESSÉ PAR UN MUR! QUEL IDIOT!
HAHA! PAS ÉTONNANT!
QUEL TRAFIC! MIEUX VAUT ATTENDRE QUE ÇA PASSE!
AAAH!
5.

LA BONNE JOURNÉE ! JE PEUX VOUS AIDER ?
?
EUH... EN FAIT, JE SUIS À LA RECHERCHE DE LA CONSCIENCE DE TOM CARBONE.
MAIS VOUS Y ÊTES ! BIENVENUE ! PUIS-JE VOUS AIGUILLER ?
CETTE BIBLIOTHÈQUE COMPREND TOUT CE QUE TOM CARBONE SAIT, CONNAÎT OU CROIT CONNAÎTRE. ICI, PAR EXEMPLE, ON CONSIGNE SON ACTIVITÉ QUOTIDIENNE. QUOI DE NEUF, MAURICE ?
IL VA PRENDRE UNE ASPIRINE ! MAL DE TÊTE, JE SUPPOSE...
TIC TIC
CENSURE
ICI, NOUS STOCKONS TOUS LES LIVRES LUS PAR TOM CARBONE ET MON COLLABORATEUR CLASSE TOUS LES ARTICLES DE JOURNAUX VAGUEMENT PARCOURUS PAR CARBONE !
... NOS DERNIÈRES ACQUISITIONS AUDIO-VISUELLES ! IL FAUT VIVRE AVEC SON TEMPS !
VIDEO
CD
NOUVEAU ! LE BOLERO DE JAVEL
... ET ICI, QUE FAITES-VOUS ?
ILS RETIRENT TOUT CE QUE TOM CARBONE A OUBLIÉ... LE TOUT EST TRANSFÉRÉ DANS UNE AUTRE SECTION...
SUBCONSCIENT
?
... LE SUBCONSCIENT !
QUEL FATRAS !
EEH OUI ! TOM CARBONE OUBLIE VITE ! NOUS SOMMES DONC OBLIGÉS DE TOUT ENTREPOSER ICI, DANS LE DÉSORDRE...
ATLAS
CODE DE LA ROUTE
GRAMMAIRE
TABLES DE MULTIPLICATION

UN BIBLIOTHÉCAIRE N'Y RETROUVERAIT PAS SES JEUNES !
PFF
SI JE NE ME TROMPE, IL S'AGIT D'UN LIVRE DONT TOM A HÉRITÉ. IL DOIT PROVENIR DE SES ANCÊTRES !
AH BON !
PAR LA BARBE DU PROPHÈTE ! QUE LIS-JE ICI ? LE TRISAÏEUL DE TOM CARBONE ÉTAIT LE GRAND EXPLORATEUR CORNELIUS CARBONE !
ET ICI, VOUS TROUVEREZ LE DÉPARTEMENT "INVENTIONS RATÉES". À MOURIR DE RIRE !
INCROYABLE ! EN REVENANT DE L'UN DE SES NOMBREUX VOYAGES, CORNELIUS A ENTERRÉ UN FABULEUX TRÉSOR... LE PLAN EST MÊME IMPRIMÉ ! TOUT Y EST INDIQUÉ !
ET TOM QUI NE SE DOUTE DE RIEN !
...HÉ MAIS... VOILÀ PEUT-ÊTRE UN BON MOYEN DE FAIRE DE LUI UN HOMME RICHE !
SUBCONSCI
ET SI J'ALLAIS GENTIMENT REPLACER CE LIVRE DANS LES RAYONNAGES DE LA CONSCIENCE DE TOM CARBONE ?
OUF... PERSONNE N'A REMARQUÉ LA SUPERCHERIE !
ET HOP !
ET MAINTENANT, SORTONS D'ICI !
BONSOIR !
JE ME DEMANDE SI ÇA VA MARCHER ! ...
BZZZZZ
TOING
LE POINT
C'EST TOUT !
DÉCÈS DE L'INVENTEUR DU COUCOU.
7.

MAIS...
... IL ME SEMBLE SOUDAIN ME SOUVENIR...
??
?
MON TRISAÏEUL S'APPELAIT CORNELIUS CARBONE... IL ÉTAIT EXPLORATEUR...
JE NE LE SAVAIS MÊME PAS! C'EST DINGUE!...
LE POINT
C'EST TOUT!
UN BEAU JOUR, IL ENTERRA PROFOND UN TRÉSOR QU'IL AVAIT RAMENÉ DES TRÉFONDS D'UN PAYS LOINTAIN...
TAP TAP
IL MÉMORISA LE PLAN PERMETTANT D'ACCÉDER À SES RICHESSES...
PAS LÀ
ICI
... ET EN FIT SON GOÛTER!
MAIS... JE... JE CROIS...
... QUE JE CONNAIS MÊME CE PLAN PAR COEUR! 20° NORD-OUEST, 46° AU SUD DE LA CÔTE...
EN FAIT... C'EST À DEUX PAS D'ICI...
UN ACHAT DE BÊCHE PLUS TARD...
LOGIQUEMENT, LE TRÉSOR DEVRAIT ÊTRE ENTERRÉ ICI!
HAHAAA! JE SUIS RICHE!
TONK
PPFF... RIEN D'AUTRE QU'UNE VIEILLE CAFETIÈRE INUTILISABLE...
?

PEUT-ÊTRE EST-ELLE EN MÉTAL PRÉCIEUX ...
FROT FROT
?
JE SUIS LE BON GÉNIE DE LA CAFETIÈRE POUR VOUS SERVIR !
HEIN ?
PAPA, C'EST MOI ! TON FILS, MOKA !
?
MOKA ? MON GÉNIE DE FILS ?
?
MILLE ET UN MERCIS, MAÎTRE ! VOUS M'AVEZ RENDU LA LIBERTÉ, ET MON FILS EN SUPPLÉMENT ! FAITES TROIS VOEUX QUE J'EXAUCERAI !
EUH ... PAPA !
ET POURQUOI PAS ? COMME PREMIER VOEU, J'AIMERAIS RECEVOIR DEUX CIGARES !
DEUX CIGARES, MAÎTRE !
?
MON DEUXIÈME SOUHAIT EST QUE VOUS LES ALLUMIEZ VOUS-MÊMES !
9.

JE N'Y COMPRENDS RIEN !
PUF
PUF
BANG
BANG
HA
HA
HA
HA
BRM...
CHIEN INGRAT ! TU VAS PAYER...
ET MAINTENANT, TU VAS FAIRE UN VOEU SÉRIEUX, COMPRIS ?
SINON, ON SE FÂCHE !
EUH...
BON D'ACCORD !
MADONNA VOUS INVITE À PRENDRE LE CAFÉ. QUE DOIS-JE RÉPONDRE ?
TOM III
BOF...

Destin animé

DÉSOLÉ, MON VIEUX... MAIS CE SAPIN N'ENTRE PAS DANS MON BUS !
BAH... ÇA NOUS FERA UNE JOLIE PROMENADE... D'AILLEURS, JE CONNAIS UN RACCOURCI !
PAR ICI, JE CROIS...
C'EST DINGUE, MAIS JE N'AVAIS JAMAIS REMARQUÉ CET ÉTANG...
C'EST PAS GRAVE : AVEC LA TEMPÉRATURE AMBIANTE, TOUT DOIT ÊTRE GELÉ...
CRRR
RAAAAC
WAK !

PRÉCISÉMENT 30 MILLIONS D'ANNÉES PLUS TARD...
GRO-AARK *
* POM POM PLOUM
MIAM ! MON PLAT FAVORI...
CONSOMMÉ D'ÉTANG À L'ANCIENNE
INGRÉDIENTS: DÉCHETS FERREUX, MÉLANGE DE PLANTES, ÉPICES
ET HOP ! QUELQUES MINUTES AU FOUR...
MICROTRON
À TAAABLE !
YARK YARK
BON APPÉTIT ET JOYEUX NOËL À TOUS !
NOYEUX JOËL !
BEURK... ÇA PUE ! BLUB ... MAIS ... OÙ SOMMES-NOUS ?
BLIB ...
ET... EUH... QU'EST-CE QUE C'EST QUE ÇA, LÀ-HAUT ?
AARGH
?
IIIK !

QUE SE PASSE-T-IL, ROBERT ? ÇA NE TE PLAÎT PAS ?
IL... IL Y A DES BESTIOLES DANS MON ASSIETTE !
?
VITE CACHONS-NOUS !
MGRR ! CONTRE LA VERMINE, JE NE CONNAIS QU'UN MOYEN EFFICACE !
VITE ! LE LONG DU CÂBLE DU CAQUELON A' FONDUE !
HÉHÉHÉ !
HUMPF... MAIS OÙ SONT-ILS PASSÉS ?
ILS ONT DISPARU... ÉTRANGE !
?
VITE ! IL Y A UN TROU DANS LE MUR...
HUH ?
TINGLING
TINGLING
ENCORE UNE SALETÉ QUI VOLE DANS LES PLATS ?!
OH ÇA, C'EST CET INSECTE QUI RÉAPPARAÎT CHAQUE ANNÉE A' LA MÊME PÉRIODE...
PEUT-ÊTRE, MAIS CETTE ANNÉE SERA LA DERNIÈRE ! GROUMF...

WOUF !
PAF
JE L'AI EUE !
VITE ! ATTERRISSAGE FORCÉ ! MAYDAY...
PAR MA BARBE ! L'UN DE MES RENNES A ÉTÉ TOUCHÉ EN PLEIN VOL...
SPLAF !
ET MAINTENANT, LE COUP DE GRÂCE !
HÉHÉ !
COMMENT ? ENVOLÉE ? IL S'EN PASSE ICI, DES CHOSES BIZARRES...
ALLONS, MON CHÉRI... VIENS PLUTÔT MANGER ! TON CONSOMMÉ D'ÉTANG VA REFROIDIR. J'ASPIRERAI DEMAIN...
PFIOUU ! IL ÉTAIT MOINS UNE...
GRMMM... QUE S'EST-IL PASSÉ ? ET... QUI SUIS-JE ?
EN TOUT CAS, VOUS RESSEMBLEZ FURIEUSEMENT AU PÈRE NOËL !
MAIS... VOUS ÊTES DES HUMAINS ! DE VRAIS HOMMES ! C'EST IMPOSSIBLE...
AH BON ?
5

VOUS NE SAVEZ PAS QU'EN L'AN 30.001.994, TOUS LES HOMMES ONT DISPARU DE LA TERRE? ELLE N'EST PLUS PEUPLÉE QUE DE BRONTOSAURES.
30.881.994 30.881.994... QUOI?
CE FUT LA FIN DES ENFANTS NORMAUX, QUI ATTENDAIENT, UNE LARME AU COIN DE L'OEIL, LE PASSAGE DU PÈRE NOËL... IL NE RESTE PLUS QUE CES REPTILES GÉANTS ET SANGUINAIRES, QUI ME POURCHASSENT COMME UN VULGAIRE MOUSTIQUE... SNIF... SNIRFL...
J'AI L'IMPRESSION QU'ON EST DANS DE BEAUX DRAPS, MON NEVEU...
MAIS UN PÈRE NOËL NE RENONCE JAMAIS! CHAQUE ANNÉE, J'ENTREPRENDS MA TOURNÉE... MON MÉDECIN PRÉTEND QUE J'AI BESOIN DE MOUVEMENT...
MAIS JE VOUS EN PRIE: MONTEZ PLUTÔT!
CET ATTELAGE TIENDRA BIEN LE COUP JUSQU'À LA MAISON...
TING TING
VOICI MA RETRAITE! ICI, AU MOINS, LES BRONTOSAURES ME FICHENT LA PAIX!
INSTALLEZ-VOUS. UN PETIT VERRE D'HYDROMEL? CHARMANT, PAS VRAI? J'AI TOUT DÉNICHÉ AUX PUCES...
PAPIER D'EMBALLA
5 TONNES
6

POUR RÉSUMER : VOUS ÊTES LE PÈRE NOËL, LES DINOSAURES ONT ENVAHI LA PLANÈTE ET NOUS JOUONS LES SURGELÉS DEPUIS DES MILLÉNAIRES !
EXACT !
VOUS ÊTES LES PREMIERS HUMAINS QUE J'APERÇOIS DEPUIS... 30 MILLIONS D'ANNÉES !
C'EST SUPER ! ET COMMENT REJOINDRE NOTRE ÉPOQUE ?
VOUS SAVEZ, JE NE SUIS QU'UN PÈRE NOËL DE CLASSE C. UNE TELLE PROBLÉMATIQUE ME DÉPASSE ...
... MAIS NE DÉSESPÉREZ PAS ! D'ICI QUELQUES DIZAINES DE MILLIERS D'ANNÉES, L'HOMME REVIENDRA À LA MODE. LA NATURE SE RÉPÈTE, J'EN SUIS CERTAIN. D'ICI LÀ, VOUS POUVEZ HABITER CHEZ MOI. D'AILLEURS, UN PEU D'AIDE NE ME FERA PAS DE MAL...
DIX MILLE ANS ! C'EST BEAUCOUP TROP LONG : J'AI DÉJÀ PLUS DE TRENTE ANS...
OH, J'OUBLIAIS : VOUS N'ÊTES QUE DE SIMPLES MORTELS ! VEUILLEZ M'EXCUSER...
DIS, FRÉDÉRIC ! TU POURRAIS DEMANDER L'AUTORISATION AU PÈRE NOËL AVANT D'UTILISER SES JEUX VIDÉO !
PICTIONARY
CLOWN
MOON ROCKET
MUT MUT
BAH, LAISSEZ-LE FAIRE ! ÇA FAIT DES SIÈCLES QUE JE N'EMPLOIE PLUS CE VIEIL ORDINATEUR, UN CADEAU DE DIEU (MON EMPLOYEUR), QUI ME PERMETTAIT D'ACCÉDER À SON FICHIER CENTRAL REPRENANT L'HISTOIRE DE TOUS LES ÊTRES HUMAINS. UN CHOUETTE CADEAU, MAIS DEVENU INUTILE...
AIRFIX
MUT MUT BOUM
HÉ MAIS... ATTENDEZ UN INSTANT !
IL EXISTE UN MOYEN DE VOUS RAMENER À VOTRE ÉPOQUE. IL SUFFIT D'OUVRIR LA FONCTION "DÉTERMINATION DU DESTIN" ET D'EN MODIFIER QUELQUES DONNÉES...
CLIKKI TIC CLIC
VOTRE CODE D'ACCÈS ?... DAMNED... LE MIEN EST PÉRIMÉ, BIEN ENTENDU...
BON... TANT PIS !
EUH... JE PEUX ESSAYER ?

CROMHEECKE & LETZER

Encore raté !

HAA, LE GRENIER ! LE SEUL ENDROIT OÙ JE RETROUVE MON ÂME D'ENFANT !
HÉHÉ... MAIS... MAIS C'EST MA VIEILLE BOÎTE DE "CHIMIE AMUSANTE" !
ET VOILÀ LE VIEUX CAHIER OÙ J'INSCRIVAIS LES FORMULES QUE J'AVAIS INVENTÉES...
TOP SECRET
JE VAIS EN ESSAYER UNE ! PEUT-ÊTRE AI-JE ÉTÉ UN EX-FUTUR PETIT GÉNIE !
ET SI C'ÉTAIT UN ÉLIXIR POUR DEVENIR IMMENSÉMENT RICHE ?...
MMM GLOUP GLOUP
PLOPS !
QUE S'EST-IL PASSÉ ?
DRIIIIIIING
MONSIEUR CARBON, JE VOUS ARRÊTE ! VOUS ÊTES ACCUSÉ DE PLAGIAT !

Jeux de nains, jeux de vilains

QUI A PLANTÉ CES OEILLETS À CÔTÉ DES LUPINS ?
EUH... BEN... ÇA DOIT ÊTRE MOI !
VOUS NE SAVEZ DONC PAS QUE CES DEUX ESPÈCES S'ÉTOUFFENT MUTUELLEMENT? C'EST PAS DU JARDINAGE, C'EST UN GÉNOCIDE...
MOUAIS... JE VOIS LE TOPO...
'VA FALLOIR TOUT TENIR À L'OEIL...
?
TENEZ; VOICI UNE LISTE DE CHOSES À ACHETER POUR FAIRE DE CE JARDIN QUELQUE CHOSE DE CONVENABLE !
UNE FORTUNE PLUS TARD...
4 SACS D'ENGRAIS BIOLOGIQUE, 200 KG DE TERREAU, 150 ARBUSTES, DIVERS BULBES, UNE BÊCHE QUI NE ROUILLE PAS, 25 MÈTRES DE TUYAU D'ARROSAGE, UNE TONDEUSE ÉLECTRIQUE ET UN RÂTEAU POUR FAIRE DE BONS GAGS.
BRAVO !
BIO PROT
ALORS, PRÊT ?
POUR COMMENCER, NOUS ALLONS TOUT RETOURNER, AFIN DE PERMETTRE À LA TERRE DE RESPIRER. ENSUITE, TOUT RATISSER POUR PERMETTRE UN MEILLEUR ENSEMENCEMENT.
ET TOUJOURS DANS LA DIRECTION DU VENT...
ENSUITE, ENLEVER LES MAUVAISES HERBES À LA MAIN, JAMAIS DE DÉFOLIANT. ENSUITE, IL FAUDRA PLANTER, REPLANTER, METTRE DE L'ENGRAIS...
SANS OUBLIER, BIEN ENTENDU, D'ÔTER LA MOUSSE, DE PULVÉRISER CONTRE LES BÉBÊTES, CONTRE LE VENT DE L'EST, LES GELÉES HIVERNALES... ET PUIS IL SERA TEMPS DE PENSER À LA TAILLE DES JEUNES POUSSES, ETC ETC...
AU SECOURS !

PFFF... 'PEUX PLUS, MOI...
TRÈS BIEN, MON VIEUX! ÇA COMMENCE À RESSEMBLER À QUELQUE CHOSE. ALLEZ, AU LIT, MAINTENANT!
RÉVEIL À 5 H30. TU DOIS TE LEVER À L'AUBE POUR ARROSER TES PLANTATIONS...
KRIK
AH BON?
CE NABOT DÉPASSE LES BORNES!
Z
LE MATIN SUIVANT...
...ET LORSQUE TU AURAS FINI DE COUPER LES TRÈFLES À QUATRE FEUILLES, IL FAUDRAIT RETOURNER LE COMPOST ET SURVEILLER LES BÉGONIAS!
SNIP
SNIP
TU REGARDERAS LA TÉLÉ PLUS TARD, TOM. IL FAIT ENCORE CLAIR ET IL RESTE DU TERREAU À TAMISER...
CLIC
QUOI? J'EN AI ASSEZ! MON PROGRAMME PRÉFÉRÉ: "LE JUSTE PRIX" AVEC JOSÉ RAFLUNMAX! RAAAAH!
ESPÈCE DE GNOME DÉGÉNÉRÉ!
AAAH, PARFAIT! COURIR SUR UNE PELOUSE EST LA MEILLEURE MANIÈRE DE RENFORCER LE GAZON!
HURG HURG... 'L'AURAI JAMAIS COMME ÇA!
PLAF
PAGES JAUNES
LUTINS (FABRICANTS DE) LUTINS (PIÈCES DÉTACHÉES), ...AH, VOILÀ CE QU'IL ME FAUT... LUTINS (EXTERMINATION)! DRÈVE DU SORTILÈGE...

ALLÔ ? OUI, BONJOUR ! POURRIEZ-VOUS M'ENVOYER QUELQU'UN D'URGENCE ? C'EST ÇA...
CHEZ TOM CARBONE, 17, RUE DU PETIT SUREAU... ALLÔ ? MADAME ? ALLÔ ?...
DING DONG
?
VOUS M'AVEZ DEMANDÉ, MONSIEUR CARBONE ?
JÉZABEL DECADIX, ENCHANTÉE... JÉZY POUR LES AMIS... MAIS JE N'EN AI PAS. HÉHÉHÉ... BON : OÙ EST LA VERMINE ?
AHAAA !
?!
JE ME TAPE DE SAVOIR D'OÙ IL VIENT, DU MOMENT QUE VOUS ME DITES OÙ IL VA : HORS D'ICI !
UN VULGAIRE LUTIN DE JARDIN D'EUROPE OCCIDENTALE ! SUPER, IL MANQUAIT À MA COLLECTION !
PETITPETITPETITPETIT... VIENS CHEZ MÉMÉ ! JE NE TE FERAI PAS DE MAL, IAAARKIAAARK !
OH, NON ! UNE SORCIÈRE !
RAAAH ! JE HAIS LES LUTINS !
AHUM, CONCENTRONS-NOUS...
NABOT MITEUX SOIS AUSSI RAPLAPLA QU'UN VIEUX BOUDGRAS ET TOUT IRA MIEUX !
DZONK
JE VOUS REMERCIE POUR VOTRE COLLABORATION, M. CARBONE. VOUS ME DEVEZ QUINZE CHAUVES-SOURIS À LA RETRAITE...
HEIN ? QUOI ?
JEZABEL DECADIX
EXTERMINATION NAINS, ELFES GNOMES
M'ENFIN, MADAME... JE NE PEUX PAS... JE N'AI QUE DU LIQUIDE ! OU ALORS UN CHÈQUE...
AH, C'EST COMME ÇA ?
RETARD DE PAIEMENT, HEIN ? Z'ALLEZ VOIR, MON GAILLARD : C'EST RADICAL !
'S'COURS !
MAIS...
4.

EUH... AH, VOILÀ !
POUR LES RADINS À TÊTE DE NOUILLE, LE FIN DU FIN C'EST LA GRENOUILLE !
SPOUF !
ET GARDEZ LA MONNAIE ! HAHAHA HIHIHI...
VRRRRR
UNE GRENOUILLE ! ELLE M'A CHANGÉ EN GRENOUILLE... QUELLE PAIRE DE CUISSES...
IL FAUT QUE J'ATTEIGNE LE TÉLÉPHONE ! PFIOUU... QUELLE PERSPECTIVE...
DZOING !
OUPS !
ÇA NE SE PASSERA PAS COMME ÇA ! AAAH, LA SORCIÈRE ! ON VA M'ENTENDRE...
BUREAU DE POLICE DU 3e ARRONDISSEMENT, J'ÉCOUTE ...
KWAAK ! KWAK KWAAK ! KWAAK !
?
BON, VISIBLEMENT LA LIGNE EST BROUILLÉE. EMBÊTANT, TOUT CELA...
JE NE VOIS PLUS QU'UNE SOLUTION : DIRECTION, LA DRÈVE DU SORTILÈGE...
POINK
POINK
PFF, C'EST BIEN BEAU, TOUT ÇA, MAIS JE N'AI PLUS VINGT ANS, MOI... PFF PFF...

BZZZ
SCHUPS
CHOMP CHOMP
BEEUAAH!
COMMENT PEUVENT-ELLES AVALER ÇA!
ACHTUNG MINEN
PROTECTION ÉLECTRONIQUE
DERNIÈRE MAISON EN PAIN D'ÉPICE AVANT L'AUTOROUTE
HA HA HA
?
ENFIN LA COLLECTION COMPLÈTE! JE POSSÈDE UN EXEMPLAIRE DE CHAQUE LUTIN VIVANT SUR TERRE! À MOI, LE LIVRE DES RECORDS!
VOILÀ DONC L'OCCUPATION PRINCIPALE DE NOTRE AMIE: COLLECTIONNER LES LUTINS. CHACUN SON HOBBY, MAIS TOUT DE MÊME...
IAAARK IAAARK! JE NE PEUX RÉSISTER AU PLAISIR DE TOUT RACONTER À MA COUSINE D'AMÉRIQUE. ELLE VA ÊTRE VERTE DE JALOUSIE! HIHIHI...
HELLO! CAN I SPEAK TO MISS TERRY, PLEASE? ... YES...
DING DONG!
ZUT, ON SONNE!
6.

QUI EST LÀ ?
PAF
ZWIPP
NNGGAGA !
PLAF
KWAAK !
HELLO ? YOUROPE ? QUI EST À L'APPAWREIL ?
KWAAAAK !
IL FAUT QUE JE TROUVE LE MOYEN DE REGAGNER MA FORME LE PLUS VITE POSSIBLE !
MES DIX MEILLEURS MALÉFICES
JÉZABEL DECAPIX KRIK ©
HÉHÉ... DES ENREGISTREMENTS AMATEURS... INTÉRESSANT !
7

CLIC!
AVERTISSEMENT: LES MALÉFICES QUE VOUS ALLEZ ENTENDRE SONT RÉSERVÉS AUX MEMBRES DU CERCLE "SORCIÈRES MAL AIMÉES" ÂGÉES D'AU MOINS 16 ANS.
SORT NUMÉRO UN : UNE TÊTE DE HARENG JURÉ C'EST PAS MARRANT TANT QU'À ÊTRE RADICAL YAKA PLONGER DANS L'BOCAL
POUF!
SORT NUMÉRO DEUX: CUISSE DE GRENOUILLE ET FACE DE RAT DONNE CITROUILLE ET PUIS VOILÀ!
?
POUF!
SORT NUMÉRO TROIS: COCKTAIL DE FRUITS ET CHANT D'AMOUR MANGE TON BOL DE RIZ ET CAUS' TOUJOURS!
POUF!
SORT NUMÉRO QUATRE...
HOLÀ!
CLIC
OUF!
IL ÉTAIT TEMPS... QUANT À MOI, JE JURE DE NE JAMAIS PLUS AVALER DE CUISSES DE GRENOUILLES!
8

ALLEZ, ASSEZ RI ! RENTRONS À LA MAISON. PEUT-ÊTRE DIFFUSE-T-ON ENCORE UN BON FILM À LA TÉLÉ, DU GENRE BLANCHE-NEIGE...
TOOOM ! NE NOUS ABANDONNE PAAAS !
HELP !
CET ENNUYEUX LUTIN DE JARDIN NE S'IMAGINE TOUT DE MÊME PAS QUE JE VAIS LE TIRER DE CETTE CAVE HUMIDE, LUI ET SES CONGÉNÈRES...
SAUVE-NOUS, TOM ! NOUS SOMMES DE GRANDS FANS. NOUS POSSÉDONS TOUS TES ALBUMS. AU SECOURS !
TOC
ALLEZ, TOM, SOIS SYMPA !
LIBÈRE-NOUS !
DONNEZ-MOI UNE BONNE RAISON DE VOUS LIBÉRER APRÈS TOUTES CES MISÈRES...
EUH...
BZZWZW WZWZW !
NOUS ALLONS TE FAIRE UNE PROPOSITION QUE TU NE POURRAS PAS REFUSER...
HUHU...
HMM...
ET C'EST AINSI QUE...
OUAAAH, QUELLE MERVEILLE ! DITES, VOISIN, QUI S'OCCUPE D'AMÉNAGER VOTRE JARDIN DE LA SORTE ? ÇA DOIT VOUS COÛTER UNE FORTUNE ...
MEUH NON : J'AI SIGNÉ UN CONTRAT D'ENTRETIEN GRATUIT AVEC LE SYNDICAT DES LUTINS DE JARDIN, VOILÀ TOUT...
L'ECHO DU SYSTEME

Tom invisible

REGARDE : LA TRAPPE DU GRENIER EST OUVERTE. TON ONCLE EST SANS DOUTE EN TRAIN DE FARFOUILLER...
IL EST ICI... JE LE SENS !
AHAA ! UNE VIEILLE BOÎTE DU PETIT CHIMISTE...
100 EXPERIENCES AMUSANTES POUR LES ENFANTS ET LE TROISIÈME ÂGE.
REGARDE... CETTE INSCRIPTION ! ON DIRAIT ... MAIS OUI... C'EST UNE FORMULE ...
... LA FORMULE QUI REND INVISIBLE !
EN AVALANT UNE CUILLÈRE À SOUPE DU LIQUIDE RENFERMÉ DANS LA BOUTEILLE BRUNE, LE SUJET DEVIENDRA INVISIBLE DURANT DEUX HEURES !
C'EST DINGUE ! QUELLE TROUVAILLE... VITE, ESSAYONS...
BAH, SI TU Y TIENS...
SLURP
BEUAAARK ! ON DIRAIT DE L'HUILE DE FOIE DE MORUE...
ATTENTION : DE PREMIÈRE QUALITÉ !
JE T'AI BIEN EU, PAS VRAI ?
ONCLE TOM ! TU T'ES ENCORE MOQUÉ DE MOI, ESPÈCE DE...
SCRRIIITC
TOUT CE QU'IL NE FAUT PAS FAIRE POUR FORMER UNE JEUNESSE SAINE ET VIGOUREUSE...
FIN

Un accueil en grande pompe

La carotte fait la loi

L'important, c'est de participer

MA CHANCE A TOURNÉ, ON DIRAIT...
DING DONG
ET HOP, JE RAJOUTE DEUX MAISONS. TU AVAIS RAISON, ONCLE TOM: C'EST MARRANT!
DING DONG
HMM? ON SONNE?
MONSIEUR CARBONE?
POLICE!
J'AVAIS DEVINÉ
EUH... ALLEZ DIRECTEMENT EN PRISON, SANS PASSER PAR LA CASE DÉPART!
O.K.
HÉ?!
?
WOUI WOUI
POLICE
HÉ LÀ! ATTENDEZ UN INSTANT...
J'AIMERAIS VOUS SIGNALER QU'IL ME RESTE UNE CARTE "SORTEZ DE PRISON SANS PAYER".
?
?
IL FALLAIT NOUS LE DIRE. NOUS VOUS RAMENONS IMMÉDIATEMENT, MONSIEUR CARBONE!
?
WOUI
WOUI
POLICE
WOUI
WOUI
EMPIRE STATE CARBONE
POLICE
BONJOUR, MONSIEUR LE PRÉSIDENT-DIRECTEUR GÉNÉRAL!
BONJOUR, OSCAR!
PFIOUUU ON A FRÔLÉ L'ERREUR JUDICIAIRE!

BONJOUR, M. LE DIRECTEUR !
FAITES PRÉPARER MON BAIN, MARTHA ! MON JOURNAL ET UN CIGARE !
Q-QUOI ? MES ACTIONS SONT EN CHUTE !
FINANCIAL TIMES
MADEMOISELLE MARTHA, CONVOQUEZ IMMÉDIATEMENT L'ASSEMBLÉE GÉNÉRALE !
MESSIEURS, ÇA VA MAL ! TRÈS MAL...
NOS BÉNÉFICES BAISSENT SENSIBLEMENT ! NOUS COURONS À LA FAILLITE...
C'EST POURQUOI J'AI DÉCIDÉ DE PRENDRE DES MESURES DRASTIQUES QUI SERONT D'APPLICATION DÈS AUJOURD'HUI !
BAM
C'EST TRÈS SIMPLE. NOUS ALLONS VENDRE 90 % DE L'ACTIF IMMOBILIER POUR TOUT INVESTIR DANS LA SEULE VALEUR SÛRE DE CE JEU : LA CAISSE DE COMMUNAUTÉ !
MONOPOLY
JE SAIS PERTINEMMENT QU'ELLE N'EST PAS À VENDRE, MAIS NOUS LEUR FERONS UNE OFFRE QU'ILS NE POURRONT PAS REFUSER.
D'AILLEURS, IL EST TEMPS DE PRIVATISER LE GOUVERNEMENT, VOUS NE TROUVEZ PAS ?
MESSIEURS, VOUS SAVEZ CE QU'IL VOUS RESTE À FAIRE. PLATINI, VOUS ME LIQUIDEZ LA RUE DU BALLON CREVÉ ; BACUSSE, L'AVENUE DU TIRE-BOUCHON. ET RAPPELEZ-VOUS : TOUJOURS AU PLUS HAUT PRIX !
BIEN COMPRIS, BOSS...
MONOPOLY
JE VEUX UN MAXIMUM DE LIQUIDITÉS DANS LES 24 HEURES !

DANS PEU DE TEMPS, J'AURAI LE MONOPOLE SUR TOUTE CETTE VILLE. PUISSANCE, PUISSANCE...
PIOUUU
M. LE DIRECTEUR, LES DIRIGEANTS DE LA CAISSE DE COMMUNAUTÉ SONT ARRIVÉS...
FAITES-LES ENTRER, ET QU'ON NE NOUS DÉRANGE SOUS AUCUN PRÉTEXTE !
PRENEZ UN SIÈGE, MESSIEURS ! JE SUIS À VOTRE DISPOSITION DANS UN INSTANT...
VOILÀ ! UN JOLI CHÈQUE AVEC PLEIN DE ZÉROS. IL Y EN A ASSEZ POUR VOUS EN FAIRE UN COLLIER, HÉHÉHÉ !
ET VOICI L'ACTE DES DROITS D'EXPLOITATION DE LA CAISSE DE COMMUNAUTÉ. BIEN DU PLAISIR, M. CARBONE !
HAHAAA !
CE FUT UN PLAISIR DE TRAITER AVEC VOUS, GENTLEMEN !
EUH... J'ESPÈRE QUE CELA RESTE ENTRE NOUS... VOUS CONNAISSEZ LA RÈGLE DU JEU...
BIEN ENTENDU !
LES PREMIERS BÉNÉFICES ONT ÉTÉ ENCAISSÉS, MONSIEUR. 200.000 FRANCS D'IMPÔTS !
PAAARFAIT ! ASSEYEZ-VOUS ET PRENEZ UNE COUPE DE CHAMPAGNE. MADEMOISELLE MARTHA !
JE PRENDS CONGÉ CET APRÈS-MIDI. OCCUPEZ-VOUS DU RESTE, VOULEZ-VOUS ?
D'ACCORD, PATRON ! HUHUHU...

ENVOLONS-NOUS JUSQU'AU 178e ÉTAGE DE MON BUILDING. HISTOIRE DE RESTER À LA HAUTEUR, HÉHÉ!
ET DIRE QUE ÇA VOLE, CES GROS INSECTES MÉTALLIQUES... FASCINANT!
YAHOUUU!
VVVRROA
?
OLÉ!
EMPIRE STATE CARBONE
DABADABADA
RIEN NE VAUT UNE PETITE ESCAPADE DANS SON PROPRE HÉLICO!
VRRDAB
VRRRRRRRR DAB
DAB DAB
HÉ LÀ! ET LA PRIORITÉ DE DROITE, ESPÈCE D'EMPLUMÉ?
OUPS!
J'AI FAILLI RATIBOISER LE SIÈGE SOCIAL DE LA CONCURRENCE!
HÉ MAIS...?!
?
FLAP
POKETA PRUT PRUT
5

CIEL ! PLUS DE CARBURANT ! JE VAIS M'ÉCRASER...
ZWIK FLAP
SPAF
ZWAK
OH NON, PAS LA RUE DES POCHES REMPLIES ! JE VIENS DE LA REVENDRE...
EUH... ATTERRISSAGE D'URGENCE. LÀ, SUR CE TOIT PLAT...
RUE DES POCHES REMPLIES
40.000 FRANCS
SANS COMPTER QUE C'EST L'UNE DES PLUS CHÈRES ! JE NE PEUX PAS ATTERRIR ICI...
PRUP PRUP
BA-CLANG !
UH ?
AAAH, UN CLIENT !
MONOPOLY
CROUIC
AÏE, IL VA FALLOIR QUE JE PAIE ! PAS MOYEN D'Y COUPER...
À MOINS QUE... CE BÂTIMENT VOISIN... MA SEULE CHANCE !
CHANCE
6

JE N'AI PLUS LE CHOIX ! IL FAUT SAUTER OU C'EST LA FAILLITE !
PAF !
NOOOOON
WHAAAH !
MONOP
DÉSOLÉ, LES GARÇONS ! JE CROIS QUE J'AI MAL SUPPORTÉ LA DÉFAITE...
MONOP
BAH... PERDRE OU GAGNER, QU'EST-CE QUE ÇA CHANGE ? L'IMPORTANT, C'EST DE PARTICIPER, PAS VRAI ?
TU CROIS ? SNIF...
UN PEU, MON NEVEU !
YEEA ! YEEHA !
PANG ! PANG ! PANG !
WOUWOUWOU !
Fin

Bon anniversaire, Bobo

Dans les nuages

BEN... OÙ ELLE EST, CETTE ANTENNE ?
SUIS-JE BÊTE : LE QUARTIER EST CÂBLÉ DEPUIS DES ANNÉES !
FLAC
HEIN ?
PFIOUUU... JE NE SAVAIS PAS QUE LES NUAGES ÉTAIENT AUSSI COMPACTS !
LA VUE DOIT ÊTRE SUPER DE LÀ-HAUT !
EEEET HOP, ON TIRE L'ÉCHELLE !
COMPLÈTEMENT DÉLIRANT !
PLAF
EN ROUTE VERS LE SEPTIÈME CIEL...

TIENS... ET SI C'ÉTAIT LE FAMEUX TROU DANS LA COUCHE D'OZONE ?
KA-BONG
HRN 573
UN SATELLITE ! V'LÀ AUTRE CHOSE, TIENS...
J'AI TOUJOURS VOULU EN VOIR UN DE PRÈS. QUELLE AUBAINE...
IL S'AGIT VISIBLEMENT D'UN SATELLITE DE TÉLÉCOMMUNICATIONS !
CNN
J'AI UNE IDÉE GÉNIALE ! PEUT-ÊTRE QU'EN POUSSANT SUR CE BOUTON...
BLIP!
AU BAR DES AMIS DU FOOT...
BLIP
?
?
?
SPORT
QU... QUI EST CET ABRUTI ? MAIS IL EST À L'ANTENNE !
STUDIO 3
3

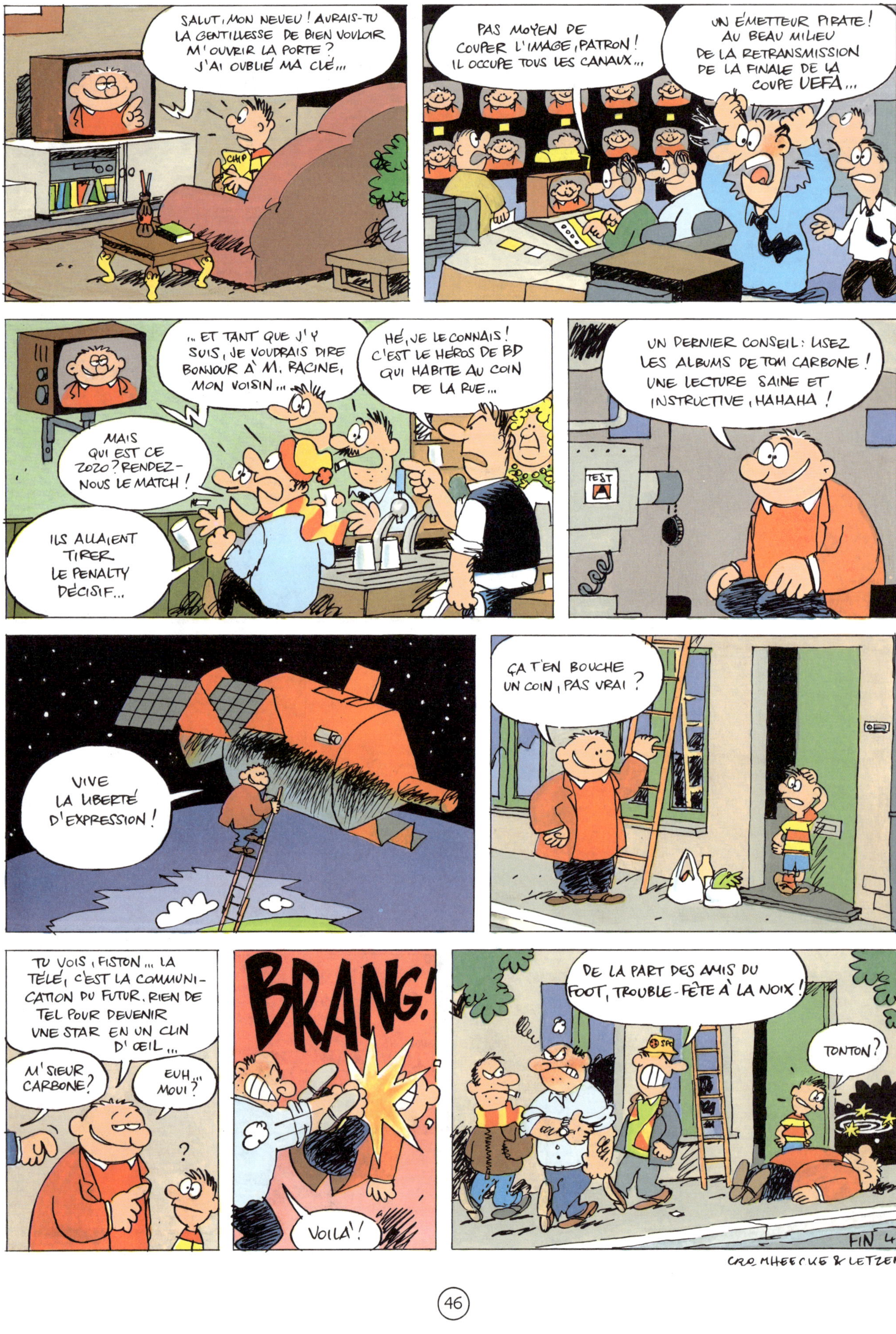
SALUT, MON NEVEU ! AURAIS-TU LA GENTILLESSE DE BIEN VOULOIR M'OUVRIR LA PORTE ? J'AI OUBLIÉ MA CLÉ...
CHIP
PAS MOYEN DE COUPER L'IMAGE, PATRON ! IL OCCUPE TOUS LES CANAUX...
UN ÉMETTEUR PIRATE ! AU BEAU MILIEU DE LA RETRANSMISSION DE LA FINALE DE LA COUPE UEFA...
... ET TANT QUE J'Y SUIS, JE VOUDRAIS DIRE BONJOUR À M. RACINE, MON VOISIN...
HÉ, JE LE CONNAIS ! C'EST LE HÉROS DE BD QUI HABITE AU COIN DE LA RUE...
MAIS QUI EST CE ZOZO ? RENDEZ-NOUS LE MATCH !
ILS ALLAIENT TIRER LE PENALTY DÉCISIF...
UN DERNIER CONSEIL : LISEZ LES ALBUMS DE TOM CARBONE ! UNE LECTURE SAINE ET INSTRUCTIVE, HAHAHA !
TEST
VIVE LA LIBERTÉ D'EXPRESSION !
ÇA T'EN BOUCHE UN COIN, PAS VRAI ?
TU VOIS, FISTON... LA TÉLÉ, C'EST LA COMMUNICATION DU FUTUR. RIEN DE TEL POUR DEVENIR UNE STAR EN UN CLIN D'ŒIL...
M'SIEUR CARBONE ?
EUH... MOUI ?
BRANG !
VOILÀ !
DE LA PART DES AMIS DU FOOT, TROUBLE-FÊTE À LA NOIX !
TONTON ?
FIN 4
CROMHEECKE & LETZER

Attention!
Tout ce qui se passe à l'intérieur et entre les cases de *Tom Carbone* n'est que pure fiction, et n'a pour seul but que d'amuser le lecteur. Toute ressemblance avec des personnages existants ou avec des histoires issues de votre imagination ne serait que simple coïncidence.
Il est préférable de garder cet album hors de portée des animaux de basse-cour en général, et des poules pondeuses en particulier.
Il est vivement conseillé de ne pas l'essorer.
Il est fortement recommandé aux petits enfants et aux personnes sensibles de faire régulièrement des promenades dans les bois.
Il est strictement interdit de lire cet ouvrage à l'envers.

Les auteurs